BANQUET DE LA VIE

N° I. — ABSINTHE

(Épitaphes graduées)

TIRÉ A 50 EXEMPLAIRES

20 *exemplaires sur papier vergé*

-1

MENU

Un plat sera servi chaque mois à dater de Janvier 1873

N° I. — ABSINTHE

(Épitaphes graduées)

ENTRÉES

2 *Conseils aux deux fiancés* *
3 *Dans l'azur (Poésies).*
4 *Monsieur et Madame.*

ROTS

5 *Bébés.*
6 *Fillettes.*
7 *Toto s'émancipe.*

ENTREMETS

8 *Industriels et gens de soc.*
9 *Hommes de robe.*
10 *Ces bons docteurs.*

DESSERT

11 *Propriétaires et Châtelains.*
12 *Maires de village.*
13 *Décorés ! Députés !! Ministres !!!*

LIQUEUR DIGESTIVE

14 *Épitaphes enragées.*

---

* Vu l'épidémie matrimoniale qui sevit encore en ce moment, nous servirons pour le jour de l'an le premier plat :

POTAGE PRINTANIER

Impossible pour deux fiancés de s'offrir un plus joli cadeau que ces conseils où l'un et l'autre trouveront l'occasion de se prouver mutuellement avant le mariage qu'ils n'ont ni tous les défauts ni toutes les qualités qu'on leur suppose.

BANQUET DE LA VIE

N° I — ABSINTHE

ÉPITAPHES GRADUÉES

A L'USAGE

DES VEUFS ET DES VEUVES

EMBARRASSÉS

Dans l'expression de leurs regrets

PARIS

LIBRAIRIE DES BIBLIOPHILES

RUE SAINT-HONORÉ, 338

—

1873

Ainsi que sur les murs de la salle où Balthazar donna son dernier banquet, une main écrivit ces mots qui glacèrent d'effroi les convives :

PHARÈS, TEKEL, MANÉ,

nous aussi, à la porte d'entrée et de sortie de notre salle de festin, nous traçons une inscription funèbre.

*A toi, ô mon unique convive, à toi ces épitaphes ! Les premières, te montrant le néant de douleurs que tu crois éternelles, te serviront d'*Absinthe *pure, t'ouvriront l'appétit et te maintiendront en joie pendant tout le repas. — Et les dernières, t'apprenant la vanité et la brièveté de ta vie, seront pour toi le meilleur des digestifs, de la véritable* Chartreuse *verte, qui ne contribuera pas peu à te donner envie d'aller vivre avec ceux qui la fabriquent.*

AINSI SOIT-IL !

AUX JEUNES VEUFS

ET

AUX JEUNES VEUVES

Le génie de notre langue est peu favorable aux épitaphes.

Celles, en petit nombre, qu'ont laissées nos poëtes ne sont guère que des épigrammes, et elles sont disséminées un peu partout dans leurs œuvres. Or, comme dans les premiers moments de votre douleur, vous, monsieur, vous surtout, madame, vous n'avez ni le temps ni la présence d'esprit nécessaires pour courir les bibliothèques publiques et compulser des volumes, il arrive souvent que, ne sachant pas ce que vous devez faire graver sur la tombe de l'être chéri que vous avez perdu, vous vous en rapportez, pour composer une inscription, à des entrepreneurs de regrets, *poëtes sans goût et sans expérience, qui ne trouvent jamais la note juste.*

Voici un exemple entre mille des inconvénients que peut amener cette façon d'agir.

*Il y a quelques années, M*me *M**** confie à un de ces entrepreneurs le soin d'exprimer convenablement les regrets qu'elle éprouve de la perte de son mari; puis, ce devoir accompli, elle s'en va tranquille.*

*Dix-huit mois se passent, M*me *M**** se remarie. Un jour, une idée bizarre lui vient à l'esprit, celle d'aller visiter avec LUI la tombe de l'AUTRE.*

Les nouveaux époux arrivent devant le mausolée, et là, que lisent-ils ?

Des plus nobles vertus ton cœur fut le modèle;
Toujours ton souvenir, Ernest, me sera doux!
Je t'en fais le serment, je te serai fidèle,
O mon unique amour et mon unique époux!

Embarras bien naturel de l'ex-veuve, qui murmure en a-parte :

« *Ça me servira de leçon pour une autre fois.* »

Et ce genre d'inconvénient est loin d'être le seul.

Témoin encore cette autre épitaphe, qui est du plus mauvais goût :

O mon ange, ô mon Octavie !
Tendre objet d'un éternel deuil !
Toi, qui trop tôt me fus ravie,
Repose en paix dans ton cercueil.
Repose en ta bière de chêne ;
S'il n'était si gros, ton Eugène
A tes côtés viendrait dormir,
Mais, tu sais, où y a d' la gêne,
Cher ange ! n'y a pas d'plaisir !

C'est donc pour obvier à l'inconvénient qui résulterait pour vous, jeunes veufs et jeunes veuves, d'une épitaphe mal faite, que nous publions ce recueil de regrets.

Les 30 *inscriptions funèbres qu'il contient ont été placées par nous dans un ordre gradué, commençant par les douleurs les plus simples* (*nos* 1 *à* 15) *pour s'élever jusqu'aux* attends-moi *les plus sublimes et les plus éternels* (*nos* 15 *à* 30), *de telle sorte que chacun, sans sortir de chez soi et surtout sans aucune perte de temps, pourra, en se reportant à l'ordre des numéros, trouver l'expression vraie de la douleur qu'il éprouve.*

ÉMILE DELAUNAY.

I

A MON ÉPOUX

ISIDORE T*****

Ex-Suisse de la Paroisse ****

Ne crains pas que mes pleurs tarissent ;
Le temps ajoute à ma douleur,
Et, plus tes cendres refroidissent,
Plus je vois s'enflammer mon cœur !
Dès que j'ai fini mon ménage,
Ici l'on me voit accourir
Me reposer sous ce feuillage :
On y viendrait pour son plaisir

II

CI-GÎT

JEAN-THÉOPHILE B*****

Regretté
de la meilleure des femmes.

☙

III

A MON MARI

Mon Dieu, que je souffre ! mais je suis bien contente que tu sois là, ô mon cher époux ! — Ça te ferait trop de peine de voir la douleur que me cause ta mort.

Ton épouse pour la vie.

FÉLICIE !!!

☙

IV

Félicité L****

Ici repose mon épouse,
Modèle de fidélité ;
De mon bonheur la mort jalouse
M'a ravi ma Félicité !

Laudate Dominum !

ЖС

V

ICI REPOSE

CONSTANT D*****

Il fut trop bon pour sa femme.

(*Concession à perpétuité.*)

VI

Ernest L*****

De se faire chérir il avait les moyens ;
En lui je possédais l'ami le plus sincère,
Et jamais nos enfants, qui n'étaient pas les siens,
Ne pourront retrouver un aussi tendre père !

VII

A L'ÉTERNELLE MÉMOIRE

d'un Homme de bien

Monsieur LÉON M*****

Vermicellier

Sa veuve et son associé, M. ADOLPHE, ont
élevé ce monument à sa mémoire,
en récompense de ses vertus sociales.

VIII

Georgette R*******

Elle fut fidèle à son époux.

IX

Hortense B****

Elle fit le bonheur de deux époux !

ꕤ

X

Léon B*******

Marchand Tailleur

O toi des époux le meilleur!
Toi que le ciel prit à la terre,
Tu t'étais établi tailleur,
Numéro sept, cité Bergère ....
Ton fils et moi, depuis ta mort,
Travaillons avec même zèle.
Nous ferons toujours notre effort
Pour contenter ta clientèle!

XI

AU MEILLEUR DES ÉPOUX

NARCISSE G****

Ingénieur hydrographe

Auteur d'une Étude philosophique et raisonnée
sur les moyens d'empêcher les ruptures
et les changements de lit.

ꟹC

XII

A LA MÉMOIRE DU MEILLEUR DES MARIS

PAUL-ÉMILE C*****

Effet bien naturel des cruautés du sort :
Je vais bientôt mourir, puisque mon Paul est mort.

ET

A LA MÉMOIRE DU MEILLEUR DES HOMMES

CHARLES D*****

Mon second mari.

Qu'ils reposent en paix !!

XIII

Zoé G*****

O ma Zoé, voilà donc la demeure
Où t'a conduite un rapide trépas!
Mes larmes ne te ranimeront pas :
Voilà pourquoi si longtemps je te pleure.

⌘

XIV

CLOTILDE M****

Elle m'a quitté après trente ans de ménage.

Songe, ô passant,

à tout ce qu'elle a dû souffrir !

XV

ICI M'ATTEND

ARTHUR V*****

Le ciel à cinquante ans le ravit à la terre.
Tout en me soumettant aux cruautés du sort,
J'ai voulu consigner mes regrets sur la pierre,
Puisque c'est de la pierre, hélas! qu'Arthur est mort.

XVI

A LA MÉMOIRE

Du Doyen des Huissiers honoraires du département de la Seine

M. ÉMILE P******

Cette pierre a été posée par sa veuve ; elle rappelle sa carrière et durera moins que ses regrets !

XVII

A MON PREMIER MARI

ALEXANDRE N*****

Dans la douleur que j'eus de perdre un époux tendre,
Aussitôt qu'il fut mort
J'ai voulu qu'un chimiste, embaumant Alexandre,
Vînt adoucir son sort.

A MON SECOND

ALEXANDRE

Je viendrai chaque jour pour arroser sa cendre,
Verser des pleurs dessus mon aimable Alexandre.

ꕤ

XVIII

SUZANNE-ADÉLAÏDE T*****

Épouse de M. NICOLAS B****, propriétaire.

Ses dernières paroles furent celles-ci :

Nicolas ! lorsque tu auras épousé Mlle Léonie C****, tu connaîtras alors le malheur de m'avoir perdue !

Hélas ! ! !

XIX

ICI REPOSE

Une douce victime de sa tendresse conjugale

Mme LOUISE-ÉLISABETH J****

Elle fut quinze fois mère et nourrice !

ꙮ

XX

Pauline P*****

Elle ne fut que trop fidèle à son époux.
Que ne l'a-t-elle été moins !
Elle serait encore de ce monde !

XXI

A MON MARI

JEAN-BAPTISTE S******

en son vivant

Artiste-Pédicure,

mort

dans toute la maturité de son talent !

Hélas !

La Terre en avait plus besoin que le Ciel !

ꟾC

XXII

A MA TROISIÈME FEMME

CONSTANCE B*********

Je te fis ce beau monument,
Pour te remercier, Constance,
O toi, qui, par ton testament,
Me fais vivre enfin dans l'aisance!

—

Passant, fais du bien ici-bas,
Si tu veux, après ton trépas,
Recevoir même récompense.

XXIII

A MON ÉPOUSE

AGATHE E****

93 *ans*

C'est la première fois qu'elle repose !

XXIV

Élisabeth P****

Heureuse chez elle.
Saisie d'un chagrin étranger,
Elle accoucha avec peine
De son premier enfant mort.
Avant sa naissance, elle perdit
Le second en lui donnant le jour,
Puis un troisième, hélas! suivi
D'un quatrième :
Notre petit Paul,
Mort à l'âge d'une minute!
Enfin,
Les deux époux se reposaient dans une douce sécurité,
lorsque l'époux désolé
fut enlevé à son épouse digne de larmes.

Pleurez, âmes sensibles!!!

⌘

XXV

A MON ÉPOUX

PIERRE-JEAN R****

enlevé à mon amour

par une rencontre du chemin de fer

P. L. M.

! ! !

XXVI

A MON ÉPOUX

LÉON D****

Attends-moi tous les jours !

XXVII

CI-GÎT

BARNABÉ G****

Époux de Madame BARNABÉ G*****
née MARIE L*****
mariée en secondes noces
à

M. HIPPOLYTE R****

Lorsque mon Barnabé mourut,
Mon bonheur bientôt disparut ;
Mon existence était sans charmes,
Rien ne pouvait tarir mes larmes !
Mais maintenant nous sommes deux
Pour pleurer son sort malheureux.

ꕤ

XXVIII

Amanda L** **

Jeunes filles !
vous qui souhaitez trouver dans le mariage
tout le bonheur qu'il peut procurer,
prenez pour modèle celle qui repose ici.
Depuis vingt-trois ans
c'est la première fois que nous faisons lit à part.

ꟻC

XXIX

A MON UNIQUE ÉPOUSE

C..... R*****

Juin 1871

Passant, tu regardes ces fleurs :
N'est-ce pas qu'elles sont charmantes,
Qu'elles sont fraîches, ravissantes?...
Je les arrose avec mes pleurs.

La tombe où nous avons lu cette inscription est déjà couverte de ronces et d'épines.

XXX

MARIE-LOUISE C*****

Enfin !

888 — Imp. Jouaust, rue Saint-Honoré, 338

www.ingramcontent.com/pod-product-compliance
Ingram Content Group UK Ltd.
Pitfield, Milton Keynes, MK11 3LW, UK
UKHW021044180726
13838UKWH00004B/1993